LES
SONNETS IMPOSSIBLES

De cet ouvrage, imprimé sur beau papier de Hollande,
il n'a été tiré que cent exemplaires, et dix à part, avec gra-
vures sur papier de Chine, pour les amateurs.

Prix de l'exemplaire. . . . .   6 fr.

Avec eaux-fortes sur papier de Chine. . 10 fr.

Sonnets impossibles
par J. Poisle Desgranges
Eaux Fortes d'alfred Taïeu.
a. Cadart Imp.

J. POISLE DESGRANGES

LES
SONNETS
IMPOSSIBLES

AVEC DOUZE EAUX-FORTES

PAR

ALFRED TAIÉE

PARIS

LIBRAIRIE BACHELIN-DEFLORENNE

3, QUAI MALAQUAIS

SUCCURSALE, BOULEVARD DES CAPUCINES, 10

ET PLACE DE L'OPÉRA, 6

1873

Vita brevis.

COURTE PRÉFACE

Si l'enfant des Bords de la Bièvre, *si l'auteur du livre intitulé* les Sonneurs de Sonnets, *livre qui, par parenthèse, est aujourd'hui d'un prix fort élevé à cause de sa rareté, si l'humouriste* Alfred Delvau *vivait encore, que dirait-il de* nos Sonnets impossibles? *lui qui s'est fait l'aristarque des sonnettistes anciens et modernes, et qui n'a eu réellement d'admiration que pour le vieux Ronsard.*

— Ça! des sonnets! s'écrierait-il. Fi! ce

I

sont des monosyllabes rimés. Est-ce à la suite d'un défi?

— Peut-être. Bons ou mauvais, les voilà; nous vous les offrons en dépit de tous les sonnettistes du monde. Les lise qui voudra, les imite qui pourra.

Comme ils étaient tout nus, les pauvres petits maigre-échine, M. Alfred Taiée, aquafortiste, a bien voulu prendre la peine de les habiller.

Et sa sollicitude mérite bien un remerciement sincère.

J. P. D.

SONNETS IMPOSSIBLES

A LA CRITIQUE

Qu'a-
T-elle
Celle-
Là ?

Bah !
Telle
Quelle
Va,

Muse
Sans
Gants,

Use
Ses
Traits.

I M A G E

L'onde
Suit,
Fuit,
Gronde.

Monde
Luit,
Nuit,
Fronde.

Sort
Mord
L'homme,

Toi
Comme
Moi.

a. Cadart Imp.
a. Taiée sc.

AU PRINTEMPS

Gai
Lai.
Fève
Lève.

J'ai
Mai,
Rêve
D'Ève,

Fleur,
Cœur,
Ame,

Jeux,
Feux,
Flamme.

LA NEIGE

Piége
Mou
Ou
Neige,

Sais-je,
Fou,
Où
Vais-je ?

Là
Ma
Tombe,

Si
J'y
Tombe.

A. Cadart Imp.
A. Taiee Sc.

PAYSAGE

L'eau
Mène
Au
Maine.

Beau
Chêne
Haut.
Plaine.

Deux
Bœufs
Mornes,

Grands
Sans
Cornes.

a. Cadart Imp.
a. Talée Sc.

A LA GUERRE

Guerre,
Sois
Fière !
Vois :

Terre,
Bois,
Pierre,
Croix,

Glaives,
Rêves
Morts...

Peste
Reste :
Sors !

a. Cadart Imp.
a. Taiée Sc.

PEINTURE

Gouache,
Son
Ton
Lâche.

Flache.
Fond
Blond.
Vache.

Sol
Fol
D'ombre.

Long
Pont
Sombre.

a. Cadart Imp.
a. taiée Sc.

MYOSOTIS

BÉATRIX ET DANTE

— Ah !
Dante,
La
Sente

A
Là
Gente
Plante :

— C'est
Qu'elle
Sait,

Belle,
Ton
Nom.

a. Cadart Imp.
a. Taille Sc.

AU VIEUX PÊCHEUR

Pêche
A
La
Fraîche.

Sèche
Là
Ta
Dèche,

Mon
Bon,
Sauve

Ton
Front
Chauve.

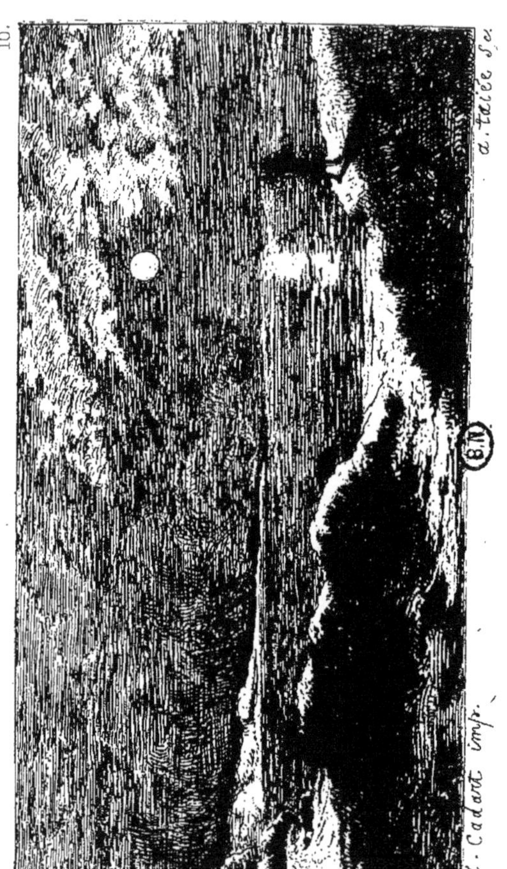

LA LUNE

Qu'une
Lune :
Deux
Yeux.

Dune
Brune,
Cieux
Bleus.

Belle,
Elle
Sort !

L'onde
Blonde
Dort.

a. Cadart Imp.
a. taillé Sc.

L A   S C I E

Plie,
Ma
Scie,
Va...

Crie!
La
Vie
A

Lame,
Trame,
Pleurs,

Comme
L'homme
Meurs!

a. Cadart Imp.   a. Taiée Sc.

A MA MUSE

Ta
Chaîne,
Ma
Reine,

Jà
Mène
La
Gêne.

Je
Te
Laisse,

Ton
Ton
Baisse.

4

ENVOI

A CHARLES MONSELET

TRIOLETS

Monselet, ce gai pèlerin,
A de l'esprit fin dans sa gourde ;
Il en aura jusqu'à la fin,
Monselet, ce gai pèlerin
Qui rime le long du chemin,
Triola René Pincebourde.
Monselet, ce gai pèlerin,
A de l'esprit fin dans sa gourde.

Pour bien tourner un triolet,
Lui donner le parfum des roses,
Je ne connais que Monselet,
Pour bien tourner un triolet

Et savoir trouver ce qui plaît
Parmi les fleurs fraîches écloses;
Pour bien tourner un triolet,
Lui donner le parfum des roses.

S'il veut agréer mes sonnets,
Ce sont des *Sonnets impossibles,*
Je relirai ses triolets.
S'il veut agréer mes sonnets,
Sans couleur vive et sans reflets,
Et qui sont nés non éligibles.
S'il veut agréer mes sonnets,
Ce sont des *Sonnets impossibles.*

TABLE

IMPRESSION DU TEXTE

PAR J. CLAYE

7, rue Saint-Benoît, à Paris.

TIRAGE DES EAUX-FORTES

PAR CADART

58, rue Neuve-des-Mathurins.

J. Claye. Imprimeur
S' Benoît 7. à Paris

www.ingramcontent.com/pod-product-compliance
Ingram Content Group UK Ltd.
Pitfield, Milton Keynes, MK11 3LW, UK
UKHW020038100726
13658UKWH00003B/1405